LES

PROPRIÉTAIRES

ET LES LOYERS

A PARIS

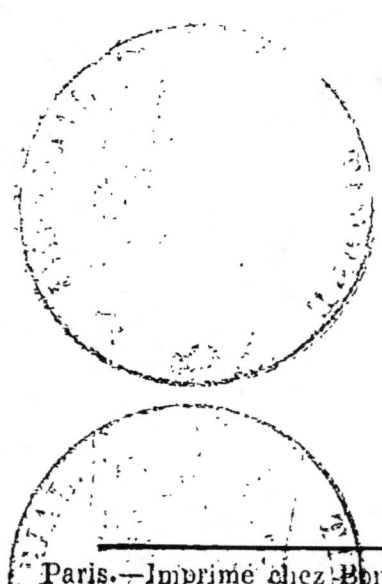

Paris.—Imprimé chez Bonaventure et Ducessois,
55, quai des Augustins.

LES
PROPRIÉTAIRES

ET

LES LOYERS

A PARIS

PAR M. VICTOR BELLET

Avocat à la Cour impériale.

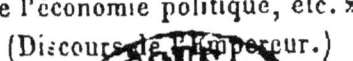

« Le devoir des bons citoyens est
de répandre partout les sages doc-
trines de l'économie politique, etc. »

(Discours de l'Empereur.)

PARIS

E. DENTU, LIBRAIRE,

Palais-Royal, 13, Galerie d'Orléans.

ROUSSELOT, LIBRAIRE,

rue du Vieux-Colombier, 34.

1857

LES
PROPRIÉTAIRES

ET LES LOYERS

A PARIS

> « Le devoir des bons citoyens
> « est de répandre partout les
> « sages doctrines de l'économie
> « politique. »
>
> (Discours de l'Empereur.)

On se plaint beaucoup à Paris de l'augmentation des prix de location des maisons, magasins, boutiques, appartements et logements.

On raisonne comme si cette augmentation était la cause principale, unique même, des souffrances d'une partie

de la population ; on accuse les propriétaires ; on les rend responsables
de ces souffrances ; on signale, avec
une affectation voisine de la malveil-
lance, certains actes qui, s'ils étaient
vrais, seraient des abus du droit de
propriété, mais des abus imputables
seulement à quelques propriétaires; on
s'efforce de les grossir, de les multi-
plier et d'étendre ce qu'ils auraient d'ex-
cessif et d'odieux à la masse des propriétaires, c'est-à-dire à toute une classe
qui a, dans l'État, son importance, qui
compte dans son sein beaucoup d'individus généreux, loyaux et honorables,
qui possède encore ces habitudes tradi-
tionnelles d'ordre, de modération et
d'épargne, bases solides, sinon brillan-
tes, de la prospérité publique et privée,
et qui, chaque année, par les impôts

directs et indirects, les droits de muta-
tion, d'enregistrement, de greffe, de
timbre, d'hypothèque, de douane et d'oc-
troi, et les taxes de toutes sortes, verse
des sommes considérables dans les cais-
ses du Trésor public, du département et
de la commune, sans parler de tant d'industries qu'elle fait vivre, et qui cesse-
raient d'être lucratives et même possi-
bles, si un jour elle disparaissait pour
s'abîmer dans une espèce de monstrueux phalanstère, n'ayant qu'un maî-
tre, le corps municipal !

Et les propriétaires ne se défendent
pas ! oubliant qu'il est toujours im-
prudent de laisser certaines préven-
tions, quelqu'injustes et déraisonnables
qu'elles soient, naître, grandir et se for-
tifier dans le cœur de ceux qui souffrent.

La défense est cependant bien facile.

§ 1er.

Quelques propriétaires sont naturel-
ment durs et avides, nous le concédons;
d'autres le deviennent, entraînés qu'ils
sont par leurs prodigalités ou par les
exigences de leurs dettes hypothécaires,
sujet très-sérieux d'alarmes depuis que
l'argent, cette providence et ce tyran
de tous, se détourne de la propriété
foncière pour courir aux valeurs industrielles; d'autres enfin, privés de sens
moral, ou pervertis par la pratique et
le spectacle quotidien des procédés et
des gains industriels, semblent consi-

dérer comme permis tout ce que la loi pénale ne défend pas et confondre l'exercice et l'abus du droit ; les uns et les les autres, sans mériter au même degré le blâme, pourraient, dans les circonstances présentes, être de véritables fléaux pour leurs locataires.

Qui le conteste ? Mais faut-il accuser et condamner les propriétaires en masse, parce que, parmi eux, il s'en trouvera un petit nombre abusant des circonstances pour commettre de véritables excès ?

Et les locataires ?

Sont-ils tous parfaits et sans reproches ?.....

N'en est-il pas qui témérairement, ou pour chasser des rivaux, ont provoqué et provoquent chaque jour les conditions onéreuses dont ils gémissent ou gémiront bientôt; et d'autres qui, pour dissimuler leurs désordres ou leur incapacité, sont trop heureux d'attribuer leur ruine à l'augmentation des prix de location; et d'autres ?...

Arrêtons-nous....

Pour causer sérieusement, il est nécessaire de mettre de côté les individus et les faits particuliers, et de parler seulement des faits généraux et des masses.

L'augmentation des prix de location, à Paris et dans les grandes villes, est un fait incontestable.

Mais elle n'est point imputable aux propriétaires, à la prétendue cupidité des propriétaires; elle ne leur profite pas autant qu'on affecte de le croire et de le dire; elle n'est ni la cause unique, ni même la cause principale des souffrances d'une partie de la population ; et il est souverainement injuste d'attribuer ces souffrances à l'action des propriétaires.

§ 2.

En 1848, après la révolution de Février, on se le rappelle, dans toutes les rues un nombre considérable de locaux vacants, inoccupés, et, sur les façades des maisons, un nombre considérable aussi d'écriteaux demandant vainement des locataires ;

Difficulté, souvent impossibilité pour les propriétaires de louer, même à des prix excessivement réduits; nous ne parlons ni des drapeaux noirs, ni des retards et refus de payement, ni des pétitions pour la restitution des loyers payés

l'avance, ni de mille autres petites misères oubliées aujourd'hui.

Le fait sérieux, général en 1848, après
a révolution de Février, c'est la diminution excessive des prix de location ;
oui, excessive, car s'il peut y avoir excès dans l'augmentation, il peut aussi
y avoir excès dans la diminution, et chacun, pour peu qu'il refléchisse, recon-
naîtra que l'excès dans la diminution
est souvent un symptôme plus grave,
plus alarmant que l'excès dans l'augmentation.

Serait-il juste d'imputer aux locataires
la diminution des prix de location en
1848 ?

Non vraiment....

Serait-il juste d'en féliciter les propriétaires comme d'une bonne action ?

Pas davantage.

La raison en est bien simple : locataires et propriétaires, les uns et les autres ont été poussés par les circonstances; les circonstances ont seules commandé et produit la réduction.

Cette réduction a-t-elle au moins profité aux locataires, mis dans leur ménage un peu d'aisance et de bien-être? A-t-elle appauvri les propriétaires?

Rien de tout cela.

Malgré la réduction, les locataires souffraient, et beaucoup de propriétaires, ceux que des vendeurs non payés ou des créanciers hypothécaires ne poursuivaient pas, n'étaient pas plus pauvres, étaient moins gênés peut-être qu'aujourd'hui.

On contestera.

Cependant c'est de l'histoire, et de l'histoire contemporaine.

La révolution de Février éclate comme un coup de foudre ; ainsi que la plupart des révolutions, elle arrête brusquement le crédit, le travail, l'industrie, la fabrique, le commerce ; elle ébranle les bases trop fragiles peut-être sur lesquelles ils reposaient et elle frappe à la fois la production et la consommation.

Bientôt l'interruption du travail et la peur, cette mauvaise conseillère, éloignent de Paris un grand nombre de ses habitants ; la désertion est telle, que la surface bâtie, habitable de Paris, devient véritablement trop grande pour ceux qui restent.

Il arrive alors ce qui s'est toujours produit, ce qui se produira toujours en pareil cas :

Les locataires qui restent, fabricants qui ne fabriquent plus, entrepreneurs

qui n'entreprennent plus, marchands et
commerçants qui ne vendent plus, ouvriers qui ne travaillent plus, créanciers,
capitalistes qui poursuivent vainement
créances et capitaux, débiteurs qui ne
peuvent pas payer, les uns et les autres
réduits à un état voisin de la misère,
ou terrifiés et appréhendant des maux
plus sérieux, n'ont plus la possibilité ou
ne veulent pas commettre l'imprudence
de rester soumis aux anciens prix de
location ; voyant partout des maisons,
boutiques, magasins, appartements et
logements inoccupés, partout des écriteaux, ils peuvent, s'ils le veulent, dicter
la loi aux propriétaires ; or, en pareil
cas, de pouvoir à vouloir, il n'y a pas
loin, quand la prudence conseille,
quand la nécessité commande de vouloir.

De leur côté les propriétaires aiment mieux louer à prix réduits que ne pas louer.

De nouveaux rapports s'établissent donc, de nouvelles conventions se forment, dans lesquelles, l'offre des locaux vacants excédant la demande, les propriétaires consentent à l'envi des réductions et des sacrifices pour retenir ou attirer les locataires; et les prix de location baissent, baissent toujours.

Rien de plus simple, rien de plus naturel.

Mais quel est l'ami sincère de son pays, qui peut regretter aujourd'hui ces temps?

Alors les locataires ont les logements à bas prix, et à bas prix aussi le pain, le vin, la viande et toutes les choses de première nécessité (ce dont nos populations rurales s'alarment et souffrent beaucoup, et se plaignent un peu, car elles n'élèvent jamais la voix très-haut).

...... Mais ils ne fabriquent plus, ils ne vendent plus, ils ne travaillent plus, et c'est vainement que les esprits inventifs multiplient les chimères et que l'assemblée constituante prodigue les efforts, les subventions et les primes pour ranimer nos industries expirant dans les ateliers nationaux....

Et les propriétaires?.....

Les logements, le pain, le vin, la viande, toutes les choses de première nécessité sont à bas prix; les propriétaires en profitent; ils se hâtent de supprimer tout ce qui de près ou de loin pourrait ressembler à des superfluités : ainsi, plus de luxe, plus de toilette, plus de dîners, de bals, de réceptions, plus de chevaux, plus de voitures, peu de servantes et de valets; grand malheur dans une ville comme Paris!

Les propriétaires souffrent- ils de ces retranchements? Non.... Le luxe, c'est affaire de vanité, d'émulation, de rivalité, au moins autant que de goût et de nécessité; et il en coûte peu de se restreindre et de revenir aux vieilles traditions de la vie bourgeoise, trop oubliées aujourd'hui, quand chacun se restreint et redevient bourgeois.

Pas d'embellissements, pas de réparations, plus de ces fantaisies coûteuses, aliment nécessaire de tant d'industries.

Aussi, malgré l'énorme réduction des loyers, malgré les retards et les refus de payement et les remises aux locataires, malgré le grand nombre de locaux inoccupés, malgré l'impôt des 45 centimes, les propriétaires, sinon tous, au moins ceux qui ne devaient rien, qui n'avaient ni intérêts à payer, ni remboursements à faire, les propriétaires ont peu souffert; et beaucoup, à la fin du terme ou de l'année, étaient plus riches, avaient plus d'épargnes qu'aujourd'hui.

§ 3.

Aujourd'hui neuf années seulement nous séparent de 1848; mais que l'aspect de Paris est différent!

Maisons, magasins, boutiques, appartements et logements, caves et greniers, tout est occupé; peu et même pas de locaux vacants; peu et même pas d'écriteaux; on dirait que la surface close et bâtie ne suffit pas.

L'insuffisance est réelle. Ne nous hâtons pas de l'imputer aux expropriations entreprises par l'administration municipale, à ces démolitions qui nous

étonnent et nous effrayent, efforts gigan-
tesques pour substituer au vieux Paris,
que nous aimions, une ville d'or et de
marbre, de vastes places, de larges rues,
magnifiquement percées.

Elle provient plutôt du flot toujours
croissant de population, que mille causes
diverses poussent dans Paris, autour de
ses murs et dans sa banlieue.

Si toutes les maisons que le marteau
municipal a frappées et frappe chaque
jour étaient encore debout, il y aurait à
Paris moins de travaux et d'ouvriers de
bâtiment, peut-être; la population y
serait autrement répartie, elle n'éprou-
verait pas, dans certains quartiers, à
jour fixe, ces brusques déplacements
qui l'inquiètent, l'embarrassent, et la
contraignent à se refouler vers d'autres
quartiers que précédemment elle évitait.

Mais, les mêmes causes existant toujours, l'affluence venant du dehors et l'insuffisance des locaux seraient probablement les mêmes.

C'est qu'au lieu de fuir de Paris, comme en 1848, on y accourt de tous les coins de la France et de toutes les parties du monde ; c'est que depuis cinq années la population a diminué dans cinquante de nos départements au moins, mais augmenté de 300,000 individus à Paris et dans le département de la Seine; c'est que l'industrie, la fabrique, le commerce, le travail, la spéculation, les entreprises et les affaires ont pris et prennent chaque jour, à Paris, un développement prodigieux, qui chaque jour aussi provoque de nouvelles immigrations.

Plaignez-vous, agriculteurs et moralistes, du courant qui balaie nos campagnes, poussant sur Paris et sur toutes les grandes villes nos populations rurales.

Plaignez-vous; car, si la population en France, après avoir augmenté pendant une longue suite d'années, semble aujourd'hui stationnaire et devoir bientôt décroître, sans doute, c'est à ce courant qu'il faut l'attribuer. Demandez qu'il ne soit pas provoqué, surexcité; mais n'essayez pas de l'arrêter par des mesures restrictives, vous ne réussiriez pas; ne désirez même pas qu'il s'arrête, car vos désirs ne pourraient être sérieusement satisfaits qu'au prix de circonstances pareilles à celles de 1848.

Paris obéit à sa loi, quand il attire avec cette énergie; il prend à nos départements leurs hommes jeunes, valides, intelligents et laborieux. Ces hommes, au milieu de leurs champs, auraient été d'excellents pères de famille ; ils auraient puissamment contribué à la culture du sol et doté la population de sujets sains et vigoureux ; à Paris et dans les grandes villes, la plupart s'étiolent et périssent sans se reproduire : c'est triste !.....

Mais en échange Paris renvoie à nos départements, sous mille formes, les éléments de richesse et d'amélioration ; et s'il y a du mal, il y a plus de bien peut-être, car nous n'oserions l'affirmer, dans cet empressement vers Paris et les grandes villes de tant d'individus qui viennent y chercher les jouissances de l'esprit, celles du luxe et des plaisirs, un aliment à l'activité qui les dévore, un théâtre pour leurs talents de bon ou de mauvais aloi, l'entraînement des spéculations et du jeu , les secours pour leur misère, les hôpitaux, les hospices et les bureaux de bienfaisance pour leurs vieux jours, l'oubli de leurs fautes et de leurs désordres, etc., etc.

N'excitez pas, ne provoquez pas le courant, n'essayez pas de l'arrêter, laissez faire et laissez passer...

C'est très-simple en apparence ; mais combien c'est difficile , en réalité !

Burke disait : « *Un des plus beaux problèmes de législation qui m'aient occupé, du temps que c'était mon métier, est celui-ci : Qu'est-ce que l'État doit prendre sur lui de diriger par la sagesse publique, ou, réduisant son intervention aux moindres termes, abandonner à la discrétion des individus ?* »

En France, on est plus habitué à la *direction de l'État* qu'à la *discrétion des individus* : la *discrétion des individus* abandonne volontiers la place à la *direction de l'Etat ;* le contraire serait préférable.

Mais revenons à notre sujet.

§ 4.

Les maisons, boutiques, magasins,
appartements et logements, chambres
et greniers ne suffisant pas, dans Paris,
au nombre toujours croissant de ceux
qui les demandent, le résultat nécessaire, inévitable, c'est l'augmentation
des prix de location.

Quand la marchandise est offerte et
peu demandée, comme en 1848, les prix
baissent; quand elle est demandée et
peu offerte, comme en 1856, les prix
s'élèvent : or les maisons, principale-
ment à Paris, sont et tendent chaque

jour davantage à devenir une marchandise, malgré le nombre et la pesanteur des formalités qui, heureusement, entourent encore et embarrassent leur transmission', et même souvent leur simple location.

A qui la faute, si, nous écartant de nos bonnes et vieilles mœurs, dédaigneux du rôle que Dieu nous a réservé en nous donnant un climat et un sol incomparables, nous dégénérons rapidement en un peuple de négociants et de marchands, et, même quand il s'agit de maisons, du sol, de la propriété foncière, ne savons plus nous dégager des habitudes mercantiles?

Un marchand se plaindra d'une augmentation de loyer qu'il aura lui-même provoquée, offerte, comme cela se voit tous les jours; mais s'il est détenteur d'une marchandise, par exemple, d'une denrée de première nécessité, rare et demandée, lors même qu'il l'aurait obtenue à bas prix, il la vendra, et quelquefois n'hésitera pas à tenter de produire une hausse factice, pour la vendre le plus chèrement qu'il pourra.

Un peintre, un sculpteur, un artiste, un écrivain accusera son propriétaire parce qu'une augmentation de loyer sera venue troubler sa sérénité et lui imposer des soins matériels que sa belle intelligence comprend mal et dédaigne; mais si vingt amateurs ou éditeurs se disputent ses œuvres justement aimées et recherchées, quelque philantrope qu'il soit, il ne les livrera probablement pas à celui qui en offrira le moins.

Un ouvrier congédié du logement qu'il occupe, embarrassé de s'établir ailleurs, obligé de subir un prix de location plus élevé, se plaindra du trouble apporté dans l'économie de son petit budget; mais si l'intelligence, l'habileté, l'amour du travail, la force musculaire, qualités précieuses, sont très-demandés et peu offerts, il élèvera, et avec raison, ses prétentions, et ne voudra pas se contenter du salaire des mauvais jours.

Et l'on voudrait qu'à Paris, dans une ville où l'esprit de négoce et de lucre déborde de toutes parts, menaçant de sérieuses atteintes le caractère national, les propriétaires de maisons qui ne sont pas tous des millionnaires, qui ont des obligations et des charges, souvent très-lourdes, des intérêts à servir, des dettes à rembourser, pour qui les formalités imposées par la loi civile sont nombreuses, compliquées et coûteuses, quand elles sont simples, faciles et à bas prix pour le capitaliste, le rentier, le marchand et le spéculateur, on voudrait que, supérieurs aux entraînements de l'époque, sourds aux caresses de cette loi économique de l'offre et de la demande tant vantée et si résolument appliquée, chaque jour, sous leurs yeux, les propriétaires de maisons s'abstinssent seuls de faire ce qui se fait toujours et partout, quand la marchandise est ou paraît peu offerte et très-demandée! Vraiment, c'est de la folie.

D'ailleurs, les propriétaires, quelque durs et impitoyables qu'on se plaise à les supposer, n'ont pas toujours besoin de dicter la loi, de stipuler des augmentations : souvent, très-souvent, fabricants, entrepreneurs, marchands, commerçants, ouvriers, capitalistes, bourgeois, rentiers, fonctionnaires publics et employés, pour rester où ils sont, s'établir où ils veulent, se hâtent d'offrir plus qu'on ne leur aurait demandé.

Voilà la vérité, comme elle apparaît à ceux qui veulent bien prendre la peine de réfléchir, et laisser de côté les individus et les faits particuliers pour s'occuper seulement des faits généraux et des masses.

Ajoutons que quelquefois, quand il s'agit de marchandises et même de ces denrées de première nécessité dont le haut prix cause d'incalculables souffrances, la rareté de l'offre est factice et le pur résultat de manœuvres de spéculateurs à la hausse. Au contraire, quand il s'agit de maisons et de logements, s'ils sont demandés et peu offerts, on ne peut jamais en accuser les propriétaires.

§ 5.

D'autres causes, l'abondance de l'or, les maisons neuves, l'incertitude répandue sur la propriété immobilière de Paris par une application plus fréquente et plus étendue de la loi d'expropriation, enfin la cherté générale de toutes les choses nécessaires, utiles ou agréables, exercent aussi une certaine influence sur les prix de location.

L'abondance de l'or?

Les cent francs que les propriétaires reçoivent aujourd'hui ne valent pas, ne leur procurent pas ce qu'ils valaient et procuraient il y a dix ans; ils s'en aperçoivent bien quand ils sont acheteurs. Est-il déraisonnable qu'ils s'en souviennent quand ils agissent comme propriétaires?...

Malgré l'abondance de l'or, ceux d'entre eux qui sont débiteurs, et il y en a beaucoup, quand viennent les échéances, n'obtiennent pas le renouvellement de leurs engagements ou ne l'obtiennent qu'à de dures conditions. Est-ce qu'on veut prêter à la propriété foncière, depuis que les rentes sur l'État et les valeurs industrielles, et les reports et les jeux de Bourse ont fait un personnage presque niais et ridicule du créancier hypothécaire?

Les maisons neuves?

Pour acheter un de ces terrains que les expropriations rendent disponibles

il faut dépenser beaucoup ; car l'administration municipale, elle aussi, connaît et applique, comme tout le monde,
la loi de l'offre et de la demande. Pour
le couvrir de constructions, il faut dépenser beaucoup encore, car les prix
des matériaux et de la main-d'œuvre se
sont beaucoup élevés sous l'influence de
cette même loi de l'offre et de la demande ; il faut enfin s'exposer à des
risques, à des préoccupations, à des ennuis, à des tromperies, se faire spéculateur, en quelque sorte.

Est-il surprenant que, quand on a
réussi à dresser sur la voie publique un
édifice coûteux, plus commode, plus élé-
gant, mieux distribué que les vieilles
constructions, on lui demande un produit suffisant pour récompenser large-
ment des dépenses faites, des risques

courus, des préoccupations et des ennuis
supportés? Et, ce ne sont pas seulement
les propriétaires, c'est tout le monde; on
ne calcule plus aujourd'hui tout à fait
comme autrefois; on a plus d'appétit,
plus d'exigences; le revenu qui aurait
satisfait autrefois, qui aurait été consi-
déré comme rémunératoire, comme
très-beau, il ne suffit plus : d'abord,
parce que tout est plus cher, et ensuite,
parce que, malgré soi, sans se l'avouer,
on est troublé, gâté par le spectacle des
grosses fortunes, des gros bénéfices obte-
nus dans l'industrie, le commerce, les
spéculations et les jeux de Bourse, et des
splendeurs qu'ils permettent d'étaler.

Or, si les circonstances s'y prêtent un
peu, le prix de location des maisons
neuves, au lieu de s'abaisser au niveau
du prix de location des maisons vieilles,

l'entraîne, l'attire, tend à le faire monter jusqu'à lui.

L'incertitude de la propriété immobilière?

Il n'est pas aujourd'hui un propriétaire de Paris qui puisse se dire assuré de conserver et de transmettre à ses enfants la maison qu'il a achetée ou reçue de ses pères.

En effet, la loi d'expropriation, de loi d'exception qu'elle est et doit rester, semble, à nos imaginations si promptes à l'exagération, devenue le droit commun; elle atteint les uns, et avec quelle rapidité, grand Dieu! En moins de deux ans, on peut voir les propriétaires d'un quartier tout entier expropriés, leurs maisons démolies, leurs terrains revendus au plus offrant et couverts de constructions, et les édifices nouveaux envahis par de nouveaux habitants. En même temps qu'elle atteint les uns, elle menace tous les autres ; en effet, on dit, on va répétant que des projets immenses de démolition et de reconstruction s'élaborent ; ce qu'ils sont, on l'ignore, mais on les multiplie, on les grandit, on les amplifie, et, pour achever de rassurer les imaginations livrées à des alarmes imaginaires, un écrivain propose, sérieusement ou ironiquement, l'expropriation en masse de tous les propriétaires de Paris, au profit d'un corps municipal qui ne leur paierait que ce qu'il voudrait bien.

Tout ce côté de la médaille peut être beau, séduisant ; mais il y a un revers... Le revers, c'est la propriété foncière devenue incertaine et précaire, dépouillée d'une partie de son prestige, obtenant moins d'amour, un culte moins sage et moins pur, depuis qu'elle est moins respectée.

A qui s'en prendre, si les propriétaires autorisés, en quelque sorte, à se considérer comme des possesseurs d'un jour, impressionnés d'ailleurs vivement par le spectacle démoralisant des procédés et des gains industriels, assimilant trop leurs maisons à des marchandises, au lieu de jouir en bons pères de famille, en sages administrateurs, ménagers de l'avenir, s'habituaient à exploiter comme des usufruitiers, à calculer comme des spéculateurs, et à chercher les gros produits, un peu pour augmenter actuellement leur aisance, et beaucoup pour obtenir, l'expropriation venant, des indemnités plus fortes?

La cherté générale?

L'augmentation des prix de location n'est pas un fait isolé ; elle concourt avec l'augmentation des prix de toutes les choses et de tous les services.

On paie plus chèrement le pain, le vin, la bière, le cidre, le lait, les spiritueux, la viande, le poisson, le gibier, la toile, les draps, les étoffes, les cuirs, la pierre, la chaux, le plâtre, le fer, le bois, les confections, les mains-d'œuvre, les services des entrepreneurs et des ouvriers, les intérêts des capitaux, etc., etc.

De quelque côté que l'on se tourne, toujours, partout, augmentation considérable dans les prix, et cherté.

La cherté générale atteint ceux qui sont propriétaires de maisons par plus de cotés que ceux qui n'ont pas cet avantage aujourd'hui peu recherché, comme les rentiers, les capitalistes, les fabricants, négociants et marchands; car elle se fait sentir, non-seulement dans leurs ménages, mais encore dans chacun de ces mille petits soins que, de la cave au grenier, exigent la bonne administration d'une maison et la fantaisie chaque jour plus ingénieuse des locataires.

C'est elle, et non la seule augmentation des prix de location à laquelle elle contribue, qui cause les souffrances d'une partie de la population.

§ 6.

On éprouve un véritable embarras quand on veut apprécier avec une certaine justesse l'étendue et la gravité des souffrances causées par la cherté; car, à chaque pas, on est contredit et comme démenti par le spectacle qui se déroule sous les yeux. En effet, jamais on n'a tant acheté, tant consommé; jamais on n'a vu tant d'ardeur pour le bien-être et les jouissances matérielles, tant de dépenses superflues, tant de luxe dans les toilettes, tant de soirées, de bals et de réceptions, tant de consommations dans tous les

genres, tant de chevaux, de valets et de
voitures, tant de personnes ne marchant
plus, tant de monde dans les prome-
nades publiques, les cabarets, les estami-
nets et les cafés, les théâtres, les salles
de danse et de concert, etc., etc.

C'est une émulation universelle d'être
et de paraître, de jouir et de se divertir.

Si pour être et paraître, jouir et se divertir, cette population qu'un sage croi-
rait atteinte de vertige se refusait le nécessaire, empruntait et s'endettait, ce serait
monstrueux ; on doit donc plutôt supposer
qu'elle réalise de gros bénéfices, qu'elle
obtient de gros salaires, et que, malgré
la cherté générale, quand elle a fait et
payé l'achat des choses nécessaires et
utiles, il lui reste encore des ressources
pour les dépenses superflues de plaisir et
de luxe.

Ces ressources, où les trouve-t-elle, sinon dans le développement inouï, prodigieux de l'industrie, de la fabrique, du commerce, des entreprises et des spéculations de toutes sortes?

Constatons donc qu'il y a cherté générale ; mais, pour être justes, constatons en même temps qu'au moins pour le très-grand nombre, il y a des ressources égales, sinon supérieures à la cherté, et qu'on est plus heureux à Paris en 1857, malgré la cherté générale, qu'en 1848, malgré l'avilissement des prix de toutes choses.

On consomme, mais on produit beaucoup ; on dépense, mais on gagne beaucoup.

Est-ce un bien ? Est-ce un mal ?....

L'avenir le dira.

Bien ou mal, Paris obéit à sa loi, remplit son rôle, quand il appelle dans ses murs trop étroits une population surabondante, aussi ardente au plaisir qu'au travail, aussi avide de bénéfices et de salaires que prompte à les prodiguer. Et d'ailleurs tous les gains, tous les bénéfices, tous les salaires ne s'évanouissent pas dans les fumées des fêtes et des dissipations stériles ; malgré la cherté générale, des épargnes se forment, des capitaux s'accumulent, qui, promptement absorbés par l'impatience des entreprises nouvelles, sollicitent à chaque heure des capitaux nouveaux et des épargnes nouvelles....

Laissez donc faire ; et si vous rencontrez des infortunes sérieuses, ce n'est pas toujours parmi ceux qui crient le plus fort et sur lesquels on s'apitoie le plus.

C'est dans cette partie obscure de la population parisienne qui vivait d'une rente ou d'une pension modique, insuffisante aujourd'hui.

C'est parmi les travailleurs dont les salaires payés au jour, au mois ou à l'année, ne se sont pas élevés comme les prix de toutes choses.

C'est enfin dans la classe silencieuse et dévouée des modestes commis et employés dont les traitements sont demeurés stationnaires, quand tous les prix montaient.

Oh ! tous ceux-là consomment moins, se restreignent, se privent, et cependant s'obèrent. Parmi eux, il y a des souffrances sérieuses, poignantes ; mais l'augmentation des prix de location en est la moindre cause.

§ 7.

Chose surprenante, mais qui montre bien les parties faibles de cette population parisienne, si vive, si spirituelle, et souvent d'un si admirable bon sens !

On se plaint de la cherté générale, et on n'accuse personne ; on se plaint de l'augmentation des prix de location, et on accuse les propriétaires.

Pourquoi ? il est difficile de le dire.

Essayons cependant.

§ 8.

Entre les locataires, d'une part, et les propriétaires ou ceux qui les représentent, comme les concierges et les gérants, d'une autre part, les rapports, au lieu d'être rapides, fugitifs, comme entre vendeurs et acheteurs, sont de tous les jours, de toutes les heures, de tous les instants; et cette fréquence, cette continuité, font qu'ils ne sont pas et ne peuvent pas toujours être agréables; si ce n'est pas la guerre déclarée, c'est un état de choses qui souvent lui ressemble beaucoup.

Le locataire envie généralement le
sort du propriétaire, et, principale-
ment, quand il ne le connaît pas et
ne communique avec lui que par le
concierge ou le gérant; il se le repré-
sente volontiers comme un être peu
utile, oisif, fâcheux, n'ayant d'autres
soins que de tourmenter ses locataires, boire, manger et dormir, et tenant
sous sa main un coffre aussi rempli et
aussi inépuisable que celui dont beaucoup d'imaginations voulaient bien, en
1848, gratifier ce qu'on nommait l'Etat.

Quand on achète, c'est pour satisfaire
un besoin, un caprice, se procurer une
jouissance, revendre avec profit; l'a-
chat est le plus souvent un acte utile ou
agréable, de peu d'importance d'ailleurs,
et auquel, par tous ces motifs, on se
livre avec plaisir.

Mais le loyer !

Payé seulement quatre fois par an, il a le tort de représenter chaque fois une somme relativement considérable ; il a cet autre tort d'être, à l'instant où on le paie, le prix d'une jouissance passée ; aussi, on le paie avec répugnance, en regrettant de donner tant, en une seule fois, à un seul individu.

Le prix demandé par un marchand est un mélange d'éléments divers et de prix antérieurs, dans lequel l'acheteur ne peut reconnaître le bénéfice réel du vendeur ; le marchand achète pour revendre ; il a des charges ; il doit vivre de son négoce et conséquemment revendre avec profit ; l'acheteur admet facilement tout cela, et quoique mécontent d'un prix trop élevé, il discute peu et surtout n'accuse pas le marchand.

Quand il s'agit du propriétaire, c'est autre chose.

Le propriétaire a des charges, beaucoup de charges inhérentes à la propriété, les impôts qui croissent toujours, les gages du concierge, l'éclairage, la vidange des fosses, les réparations, les embellissements, les intérêts du prix d'acquisition, ou des dettes hypothécaires, etc., etc. On l'ignore ou on feint de l'ignorer, on ne lui en tient pas compte ; il semble que le loyer qu'il reçoit est tout profit pour lui, et même qu'il n'a pas besoin du loyer pour vivre, etc., etc.

Bref, on est très-indulgent pour le marchand ; on est très-rigoureux pour le propriétaire ; on le paie, mais on voudrait bien ne pas le payer ; on le trouve trop heureux de recevoir ; et quand le prix de toutes choses est augmenté, on se soulage en accusant violemment les propriétaires seuls, comme si l'augmentation des prix de location était la seule cause des souffrances.

§ 9.

Quand tout cela finira-t-il ? quand comprendra-t-on que de pareilles attaques sont niaises, odieuses, injustes, et que, comparés aux industriels, aux fabricants, aux marchands, aux spéculateurs, aux rentiers, aux capitalistes, aux boursiers, les propriétaires sont le plus souvent de très-petits personnages ?

Aujourd'hui, malgré la richesse générale, malgré l'augmentation des prix de location, les propriétaires sont moins riches souvent et à la fin du terme ou de l'année ont moins d'épargnes qu'en 1848.

Les propriétaires sont tout le monde, et comme tout le monde ils payent tout plus cher; chaque jour, administration et locataires exigent plus d'eux; si l'administration, dans ses efforts pour embellir et assainir, se trompe, ce sont eux qui payent; ils payent pour faire ce qu'elle exige, ils payent pour le détruire.

Revenons à des idées plus justes; demeurons la population la plus vive et la plus spirituelle du monde, mais consentons, sur cette question, à faire preuve d'un peu de bon sens.

§ 10.

Tant que tous les propriétaires de
Paris n'auront pas *consenti* à se laisser
exproprier au profit d'un corps municipal qui, en échange du sol et des maisons, leur donnera des obligations non
remboursables, soumises à l'impôt, et
dont l'intérêt sera, chaque année, fixé
et payé par lui; tant qu'il y aura dans
Paris des milliers de propriétaires et des
milliers de locataires se prenant, se
quittant, échangeant entre eux des rapports et des conventions dont la con-

currence et les fantaisies individuelles
garantissent la liberté; tant que cet état
de choses et ses avantages seront préfé-
rés au silence et à l'immobilité d'une
vaste nécropole appartenant au corps
municipal, régie par lui, et où les concierges deviendraient des fonctionnaires publics, voici le langage que nous
tiendrons :

Nous dirons aux locataires : si maisons,
magasins, boutiques, appartements et
logements sont très-demandés et peu
offerts, s'il y a cherté générale, résignez-
vous à payer des prix de location élevés;
si vous êtes victimes individuellement
de quelques excès, laissez-en la respon-
sabilité à ceux qui les commettent, et
n'accusez pas une classe toute entière

dans laquelle beaucoup d'entre vous seront demain, et qui a ses misères et ses douleurs, ses méchants, mais aussi ses bons.

Nous dirons aux propriétaires :

Préservez-vous de la contagion ; ne vous faites ni spéculateurs, ni marchands ; gardez ces habitudes d'ordre, de modération et d'épargne, dans lesquelles vous trouviez les moyens d'être généreux, loyaux et désintéressés, sans vous appauvrir, et le bonheur, la considération et la puissance ; n'oubliez pas que si vous avez des droits, vous avez aussi et surtout des devoirs, et qu'aujourd'hui propriété oblige, comme autrefois noblesse ; et ne laissez pas la notion du devoir disparaître et se perdre dans les tendances mercantiles de notre époque.

FIN.

www.ingramcontent.com/pod-product-compliance
Lightning Source LLC
Chambersburg PA
CBHW061645180626
46818CB00003B/978